LÉONCE DE LA BERTHELLIÈRE

Pour dire en public

Pour la Patrie !

POÈMES DE GUERRE

DITS AU PROFIT D'ŒUVRES DE DÉFENSE NATIONALE

Honneur aux fils de France !
Petit Soldat de France
Gloire à la Marseillaise
Au petit 75
Hommage à la Serbie. — Salut à l'Italie
Gloire à nos Aviateurs
Le Kaiser assassin (à la mémoire de Miss Cavell)
La folie du Kaiser (Imprécations d'Attila)

PRIX : 1 franc

PARIS

JOUVE & Cⁱᵉ, ÉDITEURS

15, rue Racine, VIᵉ

1916

LÉONCE DE LA BERTHELLIÈRE

Pour dire en public

Pour la Patrie !

POÈMES DE GUERRE

DITS AU PROFIT D'ŒUVRES DE DÉFENSE NATIONALE

Honneur aux fils de France !
Petit Soldat de France
Gloire à la Marseillaise
Au petit 75
Hommage à la Serbie. — Salut à l'Italie
Gloire à nos Aviateurs
Le Kaiser assassin (à la mémoire de Miss Cavell)
La folie du Kaiser (Imprécations d'Attila)

PRIX : 1 franc

PARIS

JOUVE & Cⁱᵉ, ÉDITEURS

15, rue Racine, VIᵉ

1916

POUR LA PATRIE

Honneur aux fils de France !

Quels sont ces cris de haine et ces clameurs sauvages ?
Pourquoi tant de fureurs, d'effroyables carnages,
Tant de cœurs généreux fauchés par millions,
De veuves, d'orphelins, de désolations ?
C'est un peuple qui veut en égorger un autre,
Un empereur dément dont la pourpre se vautre,
Comme une bête immonde, en la boue et le sang !
Mais la France a brisé leur orgueil impuissant,
Et nous ne verrons plus de telles infamies
Rester, pour notre honte, à jamais impunies ;
Il ne sera pas dit qu'un peuple d'assassins
Ait asservi le monde à ses affreux desseins,
Que l'opprobre triomphe et le droit capitule,
Que l'honneur n'est plus rien qu'un fardeau ridicule
Aux yeux de l'univers, et qu'éternellement
Le crime se rira du juste châtiment.
Ces bandits ont lassé la patience humaine :
Un long frémissement de colère et de haine
Bientôt va balayer ~~au loin~~ ce tas de trahisons,
D'exécrables forfaits, d'abominations,
Leur empire teuton, colosse aux pieds d'argile,
Car la Force devient éphémère et fragile,
Lorsqu'au lieu de servir le Droit, la Vérité,
Elle n'est que mensonge et que brutalité.

Rien n'est grand que le vrai, rien n'est vrai que le juste,
Et, dans sa majesté, le Droit seul est auguste ;
C'est le noble idéal dont le culte et l'amour
Engendrent ces héros qui pour lui chaque jour
Gaîment offrent leur vie et raillent leur souffrance :
Honneur à ces vaillants ! Honneur aux fils de France !

Mai 1916.

Petit Soldat de France

Dit par l'auteur, le 10 janvier 1915,
à la Matinée de la « Touraine à Paris » pour le colis du soldat.

A mon fils, soldat au • d'infanterie.

Brave petit soldat de France, que je t'aime !
Et comme je t'admire ! En cette heure suprême
Où, vers les monts d'Alsace et sur les champs Lorrains,
Vont du monde inquiet se jouer les destins,
C'est sur toi, sais-tu bien, et c'est sur ta vaillance,
Que repose l'espoir de notre chère France,
Sur toi, des libertés le noble défenseur,
Sur toi qui t'es dressé contre l'envahisseur,
Et, balayant les flots de cette tourbe immonde,
Libéreras la France et sauveras le monde !

Si, par l'âge, tu n'es peut-être qu'un enfant,
Brave petit soldat, comme tu parais grand !
Car plus d'un parmi vous n'est encore qu'imberbe,
Mais que vous êtes beaux dans votre élan superbe,
Tous gais, tous valeureux, de gloire impatients,
D'un même cœur unis, au succès confiants,
Tous, sans jamais vouloir regarder en arrière,
Les yeux obstinément fixés sur la frontière,

Qui brûlez d'y courir pour en bouter dehors
L'oppresseur allemand, et venger nos grands morts !

France, de tes enfants vois l'élan magnanime !
« France au-dessus de tout ! » O jeunesse sublime !
Brave petit soldat, tu tiens entre tes mains
Et son sort, et celui d'innombrables humains,
De tout ce qui sur terre abhorre l'imposture,
Veut vivre juste, bon, la conscience pure,
Libre, sans redouter un pouvoir insolent,
Ni l'infâme contact des bottes d'un uhlan.
Ta victoire, qu'attend notre noble patrie,
Sera celle du droit contre la barbarie.

Les barbares ! En vain, mensonges éhontés,
Fusillades, mépris des lois et des traités,
Tout est bon contre nous, et dans leur arrogance
Ils rêvent d'asservir l'Europe avec la France :
Tout leur obéira, partout les nations
Fléchiront le genou devant leurs espions :
C'en était trop ! L'Europe, autrefois résignée,
De tant de félonie enfin s'est indignée...
Brave petit soldat, tu ne seras plus seul
Pour coudre aux Allemands leur funèbre linceul.

L'univers tout entier te regarde, t'admire,
Car par toi va sonner le glas de leur empire.
Brave petit soldat, écoute : ces bandits
Fusillent les enfants ; ah ! ce n'est pas toi, dis,
Qui voudrais achever un ennemi par terre,
Massacrer une femme : ils ont osé le faire !
O modeste héros ! O grand soldat français,
Sois mille fois béni ! Grâce à toi, plus jamais
Les hordes d'Attila ne souilleront les Gaules :
A coups de crosse aux reins tu chasseras ces drôles.

9 août 1914 (prise de Mulhouse).

Gloire à la Marseillaise

Poème dit par Mlle Antonia Bouvard
à la Matinée littéraire de l'Odéon, le 28 mars 1915

A Mademoiselle Ant. Bouvard.,
Hommage d'admiration et de gratitude.

Salut à toi, salut, sublime *Marseillaise*,
Chant de guerre et d'amour, cri de l'âme française,
Torrent irrésistible, emporté, furieux,
Ou bien hymne divin, magnifique et joyeux !

Parfois comme un tocsin ta grande voix résonne,
C'est la charge qui bat, c'est le canon qui tonne,
C'est la foudre ! et soudain, ivre de liberté,
Tout un peuple se rue à l'immortalité.
Dans les cœurs en courroux quand la colère monte,
Ton nom seul vient glacer d'épouvante et de honte
Les tyrans abhorrés, et ta mâle fureur
Comme un roseau brisé balaye l'oppresseur.
Et dans les sombres jours où la France blessée
A ta voix se levait ardente, électrisée,
Pour châtier l'orgueil de l'infâme étranger,
Que de fois tu sauvas la Patrie en danger !
Tes accents enflammés lui gagnaient les batailles :
De ton refrain couvrant le fracas des mitrailles,
Nos aïeux en chantant défiaient le trépas,
Et forçaient la victoire à marcher sur leurs pas.
Ah ! c'est que tu naquis en un temps héroïque,
Fille et sœur de héros, quand notre République
Tenait tête à l'Europe en des combats sanglants.
O splendide épopée ! O luttes de géants !
Lorsque Rouget de l'Isle, en sa fièvre superbe,
Un beau soir enfanta l'étincelante gerbe

De tes strophes de feu, de ton refrain vengeur,
Le monde tressaillit de trouble et de terreur.
En foule nos soldats volaient à la frontière ;
Tout à coup retentit ta fanfare guerrière,
Entraînante, fougueuse, et ses mâles accents
Dominent du canon les sourds mugissements ;
A ton souffle embrasé rompant toutes entraves,
Pourchassant l'ennemi comme un troupeau d'esclaves,
Les soldats de l'An deux portèrent ton refrain
Baïonnette en avant jusqu'aux rives du Rhin ;
Alors, en son élan généreux et terrible,
La France, de cet hymne à jamais invincible,
Aux peuples asservis rendant la liberté,
En fit un chant de guerre et de fraternité...

Marseillaise, ton nom, dont la France s'honore,
Gronde comme un tambour au roulement sonore,
Puis éclate joyeux, vibrant comme un clairon,
Pour se perdre en lointain sifflement de canon.
Ce nom prestigieux est écrit dans l'histoire :
Il s'appelle triomphe et se nomme victoire ;
Proscrit par les tyrans, mais encor redouté,
Toujours il reparut avec la Liberté.

En toi nous saluons, *Marseillaise* immortelle,
Le sublime passé de la France éternelle ;
Le formidable écho de tes accents vainqueurs
A fait le tour du monde avec les trois couleurs.
En toi, nous saluons l'âme de la Patrie,
Quand tu brandis le glaive en ta sainte furie,
Pour mener aux combats nos jeunes bataillons
Au milieu des bravos et des ovations.

En toi, nous saluons la Liberté française,
Hymne de nos aïeux !...·Gloire à *la Marseillaise !*

    Décembre 1914.

Au petit 75

Poème dit par Mlle Georgette,
à la Matinée de « La Bienfaisante », le 7 février 1915.
(A l'occasion de la journée du 7 février 1915, où fut vendue une
médaille à l'effigie du canon de 75, au bénéfice de l' « Œuvre
du Soldat au front »).

Gentil petit canon, tandis qu'à la frontière
Mugit incessamment la voix de ton grand frère,
Va conquérir la France, adorable joujou,
Que l'on conservera mieux qu'un riche bijou !
Alors que le vaillant soixante-quinze gronde,
Va, petit, recueillir la semence féconde,
Porter joyeusement à tous nos défenseurs
Le pieux souvenir des femmes et des sœurs ;
Va dire à ces héros notre reconnaissance
De leurs brillants exploits, redis à leur vaillance
Que nos cœurs, secoués d'un orgueilleux frisson,
Toujours avec leurs cœurs battent à l'unisson.
Comme ton frère aîné lance au loin sa mitraille,
Sur la France répands la vivante semaille
De l'union sacrée entre tous les Français,
Secret de la victoire et gage du succès.

Du valeureux canon qui partout fait merveille
Va célébrer la gloire à nulle autre pareille ;
Sans trêve ni répit, dans les rangs des Teutons
Il sème la terreur, fauche leurs bataillons,
Le terrible joujou, châtiant ces infâmes,
Crache notre mépris aux massacreurs de femmes !
Honneur au bien aimé soixante-quinze ! honneur
A son fier compagnon, l'obus libérateur,
Dont les éclats ne font qu'un horrible mélange
D'os et de chairs teutons, écrasés dans la fange !

Toi, minuscule engin, tu n'as pas pour servants
Nos poilus vigoureux et leurs muscles puissants ;
Ton bagage léger, mignonne artillerie,
Ne veut mobiliser, pour servir la patrie,
Que la grâce, adorable en sa fragilité,
D'un essaim merveilleux de ~~grâce~~ charme et de beauté,
Légion fraîche et rose, où chaque volontaire,
De son joli sourire abordant l'adversaire,
Sans combattre remporte un succès triomphant :
Et la pièce du riche et le sou de l'enfant,
Tous les deux réunis pour l'œuvre fraternelle,
Vont tomber côte à côte au fond de l'escarcelle ;
L'océan des gros sous fera des millions,
Comme le grain de blé d'abondantes moissons,
Comme la source pure écoule goutte à goutte
L'eau qui va devenir un fleuve sur sa route.
Charmant petit canon, merci pour nos soldats ;
Lorsque dans la tranchée ils recevront là-bas
Tabac, chaud vêtement, cigare ou friandise,
Comme leur cœur battra sous la capote grise !
Et toi, soixante-quinze, ô canon glorieux,
Qui jamais redira tes exploits radieux ?
Car pour détruire enfin ces monstres, ces vipères,
Tu vas les foudroyer jusque dans leurs repaires,
Les frapper d'épouvante, et dans tous les combats
Hurler à pleins poumons : « Tu ne passeras pas ! »

Travaillant l'un et l'autre à son indépendance,
Tous deux vous avez bien mérité de la France !

6 février 1915.

Hommage à la Serbie.

Dit par Mme Antonia Bouvard, de l'Odéon,
à la Matinée franco-serbe du 16 avril 1916, au Musée social.

On a souvent besoin d'un plus petit que soi,
Dit l'humaine sagesse, et la preuve, c'est toi
Qui nous l'as enseignée, admirable Serbie !
Peuple grand par l'amour sacré de la Patrie,
Grand par tes souvenirs de gloire et de fierté,
Dans un sublime élan de solidarité
Au monde tu donnas un exemple héroïque,
Lorsque, le cœur brûlant de foi patriotique,
Tous tes fils valeureux, les enfants, les vieillards,
Bourgeois ou paysans, citadins, montagnards,
Se ruèrent fougueux à travers la mitraille,
Et, fauchant sans merci ce tas de valetaille,
Ces bandits, massacreurs de femmes et d'enfants,
Firent hurler d'effroi tous les loups allemands.

Luttant un contre dix, ô vaillant peuple serbe,
Qu'il fut beau ton effort unanime et superbe !
Ces lâches avaient cru, dans leurs pauvres cerveaux,
Asservir aisément ta race de héros ;
Ils se croyaient bien sûrs, ayant pour eux le nombre,
De triompher sans peine et t'écraser dans l'ombre ;
Pourtant ils auraient dû s'en douter, et savoir
La haine qu'inspirait leur sinistre pouvoir
A ton cœur généreux, rouge du sang des braves,
Savoir que tu n'es pas un vil peuple d'esclaves,
Que, sous les étendards de tes nobles aïeux,
Tu brûlais d'égaler leurs exploits glorieux,

Tout prêt à châtier l'orgueil et l'insolence
D'une atteinte portée à ton indépendance.
Tu montras ce que peut le courage indompté,
Quand un peuple défend la sainte Liberté :
Humble tu paraissais, et tu fus redoutable,
Ta faiblesse devint puissante et formidable,
Et l'univers s'émut qu'entre tous les plus grands,
En toi l'on admirât un peuple de géants !

Le monde avait besoin d'un si noble modèle :
Ta valeur le sauva de la honte éternelle
D'assister impassible au mépris de tes droits,
Et permettre l'infâme égorgement des lois.
C'est toi qui supportas le poids du sacrifice,
En luttant pour le bien, le droit et la justice ;
En donnant tout ton cœur, ton sang pur et loyal ;
Tu tombas sous les coups d'un guet-apens royal.
Mais le temps, qui plus tard guérira ta blessure,
Va bientôt châtier l'atroce forfaiture !
Sois fier de tes exploits, car ton nom respecté
Planera flamboyant dans l'immortalité.

Déposant à tes pieds notre reconnaissance,
Ami, nous t'envoyons le salut de la France !

Mars 1915. — Janvier 1916.

Salut à l'Italie

Hommage à la grande nation, sœur et amie de la France

Dit par Mlle Antonia Bouvard, de l'Odéon
à la Fête franco-italienne du 20 juin 1915
Mairie du Xe arrondissement

Ces bandits avaient cru que la noble Italie
A servir leurs desseins se serait avilie ;
Qu'elle eut pu, sans mentir au sang de ses aïeux,
Conclure à leur profit quelque pacte odieux,
Oublier leurs forfaits, et pour toute victoire
Marchander lâchement un peu de territoire,
Que sans rougir de honte, elle eut pu, l'arme au bras,
Assister impassible à leurs assassinats,
Renier son passé de gloire aux yeux du monde,
Et consentir enfin à leur trafic immonde !
Dans leur excès d'orgueil ils avaient trop compté
Sur son indifférence ou sa complicité,
Car pour de tels affronts il n'est pas de salaire
Qui puisse des vaillants apaiser la colère,
Ni détourner les cœurs de briser le lien
Dont voulait s'affranchir le peuple italien.

Non, ton âme jamais d'une pareille injure
N'eut pu cicatriser la cruelle blessure,
O peuple généreux, dont la mâle valeur
S'illustra tant de fois sur les champs de l'honneur ;
Tu ne pouvais plus vivre en cette horrible étreinte
Où trop longtemps déjà ton âme fut contrainte :

Comme aux jours glorieux du grand peuple romain,
Tu portais en tes flancs la haine du Germain,
Et, pour leur épargner le châtiment suprême,
Tu ne pus te résoudre à t'égorger toi-même !

Nous autres, sais-tu bien, n'avions jamais douté
Ni de tes sentiments, ni de ta loyauté :
Il eut fait beau te voir, certe, entre eux et la France,
Au féroce Allemand donner la préférence,
Oublier Turbigo, Magenta, Palestro,
Le sang de nos soldats devant Solferino,
Supporter en ton sein ces artisans de crimes,
Pardonner aux bourreaux, immoler les victimes !
Ton choix fut vite fait, et d'un geste hardi
Tu te levas sublime avec Garibaldi,
Et tu signifias à toutes ces vipères
Qu'on irait les chercher au fond de leurs repaires !

Oui, ce fut un grand jour, un jour libérateur,
Où tu juras de vaincre et chasser l'oppresseur,
Où tu vins te ranger aux côtés de la France,
Pousser un même cri de joie et d'espérance ;
Montrer que, secoués par un même frisson,
Nos cœurs avec le tien battent à l'unisson.
Le sang des Scévola coule encor dans tes veines,
O peuple ; va courir aux victoires prochaines !
Paraissez, Milanais, Romains et Padouans,
Et ce que l'Italie a produit de vaillants ;
Allez reconquérir Trente, Pola, Trieste,
Zara, la Dalmatie, et l'Istrie et le reste ;
Serrés autour du roi Victor-Emmanuel,
Héritier valeureux du renom paternel,
Promenez vos drapeaux jusqu'au sein de l'Empire,
Allez faire trembler le sinistre vampire,
Valet inconscient de l'ogre de Berlin,
Allez par vos exploits arracher à sa main

Vos frères opprimés qui pleurent en silence,
Et chanter avec eux l'hymne de délivrance !

Dignes fils de Brutus et de tant de héros,
Ecoutez vos aïeux, du fond de leurs tombeaux,
S'éveillant aux accents des fanfares guerrières,
Ajouter leurs bravos à vos chants populaires ;
Leur cœur a tressailli d'orgueil et de fierté
Quand ils ont vu leurs fils, au cri de liberté,
Ressusciter les temps de la grandeur romaine ;
Leur exemple fameux vous embrase et vous mène :
L'Italie a parlé comme Rome autrefois,
Invoquant la Patrie, et sa puissante voix
De chaque citoyen a fait un volontaire ;
Tous accourent en foule, et, sur mer et sur terre,
A partout retenti l'immense branlebas ;
Rome n'est plus dans Rome, elle est toute aux combats ;
Le Vésuve et l'Etna bouillonnent dans les âmes,
Et, le cœur dévoré par de brûlantes flammes,
Depuis que la Patrie a·sonné le tocsin,
Tous rêvent de courir sus au peuple assassin.

Vos bras se sont armés pour libérer le monde
Des appétits sanglants de cette race immonde,
Car ces bandits, rôdant autour des nations,
Ne sont que des chacals : vous êtes des lions !
Vous chasserez au loin ces modernes Vandales,
Ces massacreurs d'enfants, bourreaux des cathédrales ;
Et, quand seront vengés la justice et le droit,
Le triomphe éclatant du peuple et de son roi
Sera pour l'Italie, et plus grande et plus belle,
Son éternel honneur et sa gloire immortelle !

     3 juin 1915.

A Sa Majesté Victor Emmanuel III, roi d'Italie

En lui envoyant le poème *Salut à l'Italie.*

Illustre souverain, dont la mâle vaillance
Mit ta loyale main dans celle de la France ;
Qui, fier du sang versé par tes nobles aïeux,
Rêvais d'en égaler les exploits glorieux ;
Qui jamais n'oublias leur pieuse pensée,
Et brûlais d'achever la tâche commencée ;
Puisque, dans un sublime et généreux élan,
Le peuple à tes côtés vient de faire serment
D'arracher à leurs fers, de rendre à l'Italie
Tous les enfants chéris de la mère patrie,
O roi, daigne accepter le salut fraternel
Du grand peuple français à ton peuple immortel !

Tu vaincras ! car déjà ta valeureuse épée
Zèbre le firmament de lueurs d'épopée,
L'univers se redit les étonnants exploits
De ces jeunes héros soulevés à ta voix :
Toi qu'admire le monde et que ton peuple adore,
Sous les plis éclatants du drapeau tricolore
A tes frères tu vas porter la liberté ;
Ton nom sera béni de la postérité.
Et, symbole d'honneur et de gloire féconde,
Toujours rayonnera flamboyant sur le monde !

Gloire à nos Aviateurs

Poème dit par M. Demblon, député de Liége, au théâtre
de Châteauroux, le 23 août 1915.

A mon vaillant ami Bernard Denizot,
le plus jeune aviateur de France.

Quand vous apparaissez, ô grands oiseaux de guerre,
Dans l'azur éclatant inondé de lumière,
Notre cœur avec vous s'élève jusqu'aux cieux ;
Nous suivons frémissants le vol audacieux
De vos jeunes héros, pilotes intrépides,
Qui, chassant l'ennemi par leurs courses rapides,
Merveilleux de courage et de témérités,
Sans trève ni repos veillent sur nos cités ;
Nous les voyons, émus, voltiger avec grâce,
D'un bond prodigieux s'élancer dans l'espace,
Redescendre soudain, et puis superbement
Planer majestueux au sein du firmament,
Remonter et descendre, ou virer à leur guise,
Balancés mollement sur l'aile de la brise,
Faire aux cieux mille tours en fouillant l'horizon,
Défier la tempête et braver l'aquilon ;
Nos regards, éblouis des vastes arabesques
Que tracent dans les airs leurs courbes gigantesques,
Semblent s'hypnotiser dans l'admiration,
Et notre âme perçoit avec émotion
La chanson d'espérance au rythme monotone,
Que la voix de l'hélice incessamment ronronne ;
L'oiseau vole plus haut, la céleste chanson
Frappe encor notre oreille avec un doux frisson,

Puis le chant s'affaiblit, monte dans le nuage,
La brise le ramène ou l'éteint davantage,
Et notre œil ne voit plus qu'un minuscule point
Qui s'estompe, s'efface et disparaît au loin.

Mais où s'égare-t-il, en son vol solitaire,
Si proche du soleil et si loin de la terre ?
Perdu dans l'infini, va-t-il sur son chemin
Rencontrer quelque taube ou quelque zeppelin,
Offrir à ces bandits la suprême bataille,
Et les anéantir à grands coups de mitraille ?
Ou, plus prompt que la flèche, à l'appel du canon
Se mêler aux vaillants qui luttent sur le front,
Et malgré les obus, les balles et les bombes,
Dans les rangs ennemis semer les hécatombes?
Du matin jusqu'au soir et du soir au matin,
Prodiguant sans compter son effort surhumain
Au triomphe éclatant de la France meurtrie,
Toujours l'oiseau sacré vole pour la Patrie!

Honneur à vos exploits, nobles aviateurs,
Qui partout ne trouvez que des admirateurs !
Cohorte de géants, phalange sans pareille,
Pour chasser le Teuton vous qui faites merveille,
Héros du firmament, rois des immensités,
Du royaume des cieux maîtres incontestés,
Quand nous vous contemplons, de la terre où nous sommes,
Pour nous, simples humains, vous êtes des surhommes !
Du haut de votre frêle et redoutable engin,
Voguant seuls dans l'azur avec l'astre divin,
Si parfois vous jetez un coup d'œil sur l'abîme,
Comme tout ici-bas doit vous paraître infime!
Que les hommes surtout doivent sembler petits,
Quand leurs ambitions, leurs sanglants appétits,

N'attisent dans les cœurs que haine et que vengeance !
Mais que paraissent grands nos vaillants fils de France,
Plus sublimes, plus beaux qu'ils n'ont jamais été,
Car, luttant pour le droit et pour la liberté,
Ils répandent partout la semence féconde
Qui comme vous un jour dominera le monde !

Vos exploits glorieux enfantent des héros :
Chaque jour qui s'écoule en produit de nouveaux,
Tout prêts à s'élancer et voler sur vos traces,
A mourir s'il le faut, à franchir les espaces (1),
Pour frapper de terreur l'odieux Allemand ;
De venger nos martyrs chacun a fait serment,
Et ne peut se résoudre, en sa fièvre guerrière,
D'attendre, pour entrer gaîment dans la carrière,
Jaloux de s'illustrer parmi tant de poilus,
Qu'à ce poste d'honneur ses aînés ne soient plus...

---

1. Sur le poème spécialement écrit en honneur de Bernard
Denizot, figurent, au lieu des 19 vers « Pour frapper de terreur...
jusqu'à joyeux pour une fête », les 23 suivants :

    Pour frapper l'Allemand de terreur et d'effroi ;
    Le plus jeune entre tous, ami Bernard, c'est toi,
    Toi qui ne voulus pas, en ta fièvre guerrière,
    Attendre, pour entrer gaîment dans la carrière,
    Jaloux de t'illustrer parmi tant de poilus,
    Qu'à ce poste d'honneur tes aînés ne soient plus.
    Tu préféras tenir plutôt que de promettre,
    Et tes heureux débuts furent des coups de maître :
    D'une main ferme et sûre, à leurs yeux étonnés
    Calme tu manœuvras, mieux que des chevronnés ;
    Dédaigneux du péril, brave autant que modeste
    On te vit tout à coup te lancer d'un beau geste,
    Escalader le ciel en un superbe vol,
    Puis tu vins te poser doucement sur le sol,

Sublime impatience ! Intrépide jeunesse !...
Rien ne peut arrêter ta fureur vengeresse,
Brave petit conscrit, qui dès tes premiers pas
Voudrais déjà courir et voler aux combats :
Tu préfères tenir plutôt que de promettre,
Et tes heureux débuts valent des coups de maître,
Lorsqu'on te voit soudain, du péril dédaigneux,
Dans un superbe vol escalader les cieux,
Montrant que la valeur , chez les âmes bien nées,
Ne se mesure pas au nombre des années,
Que ton cœur généreux n'aspire qu'à l'effort,
Qu'à tout prix il lui faut prendre son libre essor !...

Comme si tu partais joyeux pour une fête,
Tu t'en vas affronter la foudre et la tempête,
Fondre sur l'ennemi sans souci des canons,
Te ruer à l'assaut contre leurs avions ;
Ce n'est que sur le front que tu te sens à l'aise,
Et tu ne te plais tant qu'au sein de la fournaise ;
C'est en vain que tes chefs ont calmé ton ardeur :
Tu brûles de partir, pour revenir vainqueur !

Et, puisqu'il a fallu que cette guerre infâme
Mette, au lieu de l'amour, la colère en notre âme ;

Montrant que la valeur, chez les âmes bien nées,
Ne se mesure pas au nombre des années,
Que ton cœur généreux n'aspire qu'à l'effort,
Qu'à tout prix il lui faut prendre son libre essor.
Toi qui n'avais rêvé que de vols grandioses
Dans les firmaments bleus et les nuages roses,
Que de voguer en paix sur l'océan des airs,
Comme le frêle esquif emporté sur les mers,
Dans le calme enchanteur de la nature en fête,

Puisque ces gens ont cru par leurs assassinats
Paralyser nos cœurs et désarmer nos bras ;
Puisqu'ils veulent enfin se mettre au ban du monde,
Va, cours, vole, et détruis cette racaille immonde !
Comme fit autrefois l'ange exterminateur,
Jusque dans leurs foyers va semer la terreur,
Satisfais à loisir ta légitime envie,
Et porte leur la mort pour nous donner la vie !
Va les anéantir par le fer et le feu,
Par la bombe et l'obus, comme ils se font un jeu
De piller, bombarder et tuer avec joie !
L'oiseau du paradis devient oiseau de proie :
Tu vas les pourchasser les nuits comme les jours,
Et tes mains rougiront du sang de ces vautours ! (1)

Noble émulation ! Incomparable gloire !
Continnez, enfants gâtés de la victoire,
Vous tous dont l'univers applaudit les succès,
Portez toujours plus haut notre drapeau français !

    1ᵉʳ août 1915.

———

1. Le poème adressé à B. Denizot contient ici les 8 vers suivants :
> Déjà l'on ne saurait dénombrer tes prouesses ;
> Tes hauts faits ont passé les plus belles promesses :
> Pilote sans rival de nos grands aéros,
> Tu sus te distinguer entre tant de héros,
> Et t'ayant vu si brave au sein de la mitraille,
> La France sur ton cœur épingla la médaille.
> Mais tu vas recueillir bientôt d'autres lauriers
> Au feu si vaillamment gagnés que les premiers !...

Le Kaiser assassin

*A la mémoire de Miss Edith Cavell, lâchement assassinée
par les sbires du Kaiser*

Poème dit par M. Ed. Laudner, professeur de diction,
à la mairie du II° arrondissement, le 10 novembre 1915

*A Monsieur Ed. Laudner
Hommage de chaleureuse admiration.*

Pleurez, fils d'Albion ! pleure, ô noble Angleterre,
Et donne libre cours à ta juste colère !
Sur ce nouveau forfait pleurez, ô nations !
Clamez jusques aux cieux vos indignations !

Ils ont assassiné cette douce martyre,
Miss Edith, sainte fille au céleste sourire,
Ange toujours penchée au chevet des mourants,
Attentive aux douleurs de ses frères souffrants.
Pour arme elle n'avait que sa chaste innocence ;
Son crime fut d'aimer l'Angleterre et la France,
D'être toute aux blessés, Anglais, Belges, Teutons,
De préférer la mort aux génuflexions :
Elle mettait sa joie à panser les blessures,
A faire un peu de bien sans plaintes ni murmures ;
Pourtant ils l'ont tuée ! O sublime trépas,
Que des larmes de sang ne rachèteraient pas !

Des peuples à jamais sois maudite, Allemagne,
Avec tes généraux, tes échappés de bagne,
Tes bandits, tes soudards et tes deux empereurs !
Vous avez mis le comble à toutes vos horreurs !

Vous n'aviez pas atteint tous les degrés du crime,
Il vous fallait encor plus auguste victime,
Plus noble en sa candeur, plus tendre en sa bonté,
Plus belle de jeunesse et de virginité.
Vos bourreaux exigeaient un forfait plus infâme :
Armer tous vos soldats contre une faible femme,
Travestir l'héroïsme en un vil attentat,
Sacrifier cette ange au salut de l'État !
Mieux eût valu pour vous perdre bien des batailles,
Avec vos escadrons fauchés par les mitrailles,
Qu'avoir d'un tel exploit révolté tous les cœurs,
Car le sang des martyrs enfante des vengeurs !

Non, non, ne pleure plus, Angleterre, Angleterre !
Dans ta sombre douleur lève ta tête altière !
Songe à la noble enfant dont tu portes le deuil :
Sa mort est ton triomphe et ton sublime orgueil.
Seule avec ses bourreaux, à son heure suprême,
Elle mit sur son front un triple diadème,
Resplendissant d'amour, d'honneur et de fierté,
Entrant pour son pays dans l'immortalité.
Inclinons-nous devant cette héroïque tombe;
Lorsque pour la patrie une femme succombe,
Sans trop nous attarder à d'inutiles pleurs,
Sachons qu'à sa grande ombre il faut d'autres honneurs;
Il faut qu'à son exemple un courage sublime
Jure de châtier l'abominable crime,
De poursuivre en tous lieux ces lâches assassins,
Rouges encor du sang répandus par leurs mains.
Déjà de l'univers l'immonde flétrissure
A marqué le Kaiser et sa progéniture,
Leurs sbires, leurs valets et tous ces histrions
Mis par tant de forfaits au ban des nations;
Car ils ont dépassé la mesure, et la corde
Sera le châtiment de cette affreuse horde,

Lorsque va sonner l'heure où d'un joug odieux
Se seront affranchis nos peuples valeureux ;
Ce sera grâce à toi, nation britannique,
Unie à la Russie avec la République,
Grâce à la noble Edith, dont le spectre vengeur
A fait trembler d'effroi l'empire et l'empereur !

Et les peuples toujours garderont la mémoire
De la sainte héroïne, envolée en sa gloire,
Ange au cœur débordant d'amour et de bonté,
Morte pour son pays et pour l'humanité !

26 octobre 1915.

———

La Folie du kaiser

(Imprécations d'Attila)

*A Madame Louise Silvain, hommage
d'admiration et de reconnaissance.*

Ce soir-là l'empereur était rentré nerveux.
Sur son visage morne et son front soucieux
L'angoisse avait posé son empreinte fatale :
Il s'effrayait de voir la Fortune brutale
Vers l'abîme aiguiller brusquement son destin,
Et le vainqueur d'hier allait être demain
Trahi par la changeante et cruelle déesse,
Des sujets ou des rois infidèle maîtresse !

Lui qui s'était vanté, qui se faisait un jeu
De tout exterminer par le fer et le feu,
D'intimider l'Europe et d'écraser la France,
De plier l'univers à sa toute-puissance,

Le tenant sous le joug à ses pieds prosterné,
Il en était réduit, Kaiser infortuné,
A voir, la rage au cœur, sa malheureuse armée
Se fondre ainsi qu'au vent disparaît la fumée ;
Il lui fallait subir l'humiliant affront
D'être encor de longs mois enchainé sur le front,
Ses soldats épuisés, tombant sous la rafale
De mitraille et d'obus dont la voix infernale
En sifflant leur jetait au milieu des combats
Cet insolent défi : « Tu ne passeras pas! » (a)

Ce n'étaient plus les temps bénis où l'Allemagne
Avait inauguré brillamment sa campagne
En proclamant bien haut, sans honte et sans remord,
Qu'un scrupule jamais n'arrête un peuple fort :
« Le succès avant tout ! Ce serait duperie
Que trop s'embarrasser de quelque félonie ;
Ne respecter ni droit, ni règle, ni traité,
Fouler aux pieds les lois de la neutralité,
Lui sautant à la gorge, étrangler la Belgique,
Ne fut qu'un incident en somme très logique,
Peut-être un tant soit peu contraire au droit des gens,
Mais la gloire à ce prix vaut bien un guet-apens !...
Qu'importe l'infamie et que pèse le crime,
Si le peuple le trouve adroit et légitime ?
Que vous fait d'être lâche, et vil, et déloyal,
Puisque pour vous la foule élève un piédestal,
Qu'on vous porte en triomphe, et que la populace
Se presse à votre char pour en baiser la trace ?
Puisqu'on saura trouver d'excellentes raisons
D'absoudre vos forfaits : mensonges, trahisons,
Pillage, assassinats, meurtres les plus infâmes,
Vous pouvez fusiller les enfants et les femmes,

   (a) Peuvent être coupés à la diction, les 108 vers suivants, de
(a) à (b). Ce n'étaient plus... jusqu'à : son cantonnement.

Les mains rouges de sang, acclamer l'empereur,
Promener l'incendie et semer la terreur,
Saccager sans merci Dinant, Visé, Termonde,
Et vous déshonorer à la face du monde ! »

Ces bandits auraient pu, sans être des héros,
Se conduire en soldats et non pas en bourreaux ;
Mais, pour mieux achever leur œuvre sacrilège,
Il leur fallait encore, après Ærschot et Liège,
Détruire, incendier et Maline et Louvain,
Et ces fiers monuments, joyaux de l'art divin,
Trésors où palpitait l'âme altière des Flandres,
N'en rien laisser debout et les réduire en cendres !
Il fallait, par ces morts et ces débris fumants,
Au monde épouvanté dire quels châtiments
Inflige l'Allemagne aux peuples sans défense
Assez audacieux pour braver sa puissance,
Montrer que le Kaiser est maître incontesté,
Que tout doit se soumettre à son autorité ;
Il fallait rehausser l'éclat de la couronne,
Par d'aussi beaux exploits consolider le trône,
Et, frappant l'univers d'un salutaire effroi,
Contraindre à s'incliner les peuples sous sa loi !

L'empereur, enivré de pareille victoire,
Se voyait dans son rêve au faîte de la gloire !
Ecartant tout obstacle, et libre de tous freins,
Rien n'allait s'opposer à ses vastes desseins.
Il avait tout prévu pour conquérir le monde :
Duplicité, mensonge, espionnage immonde,
Bombes, mortiers, obus, innombrables canons,
Des régiments sans fin, encor des légions,
Débordant de partout comme une mer immense ;
Sous leur masse effroyable il submergeait la France,

Il voyait l'ennemi fuyant de toutes parts,
Vaincu, désemparé devant ses étendards,
Implorant une paix honteuse ; l'Angleterre
Sans soldats, quantité négligeable sur terre,
Ses vaisseaux impuissants contre les sous-marins,
Londre et Paris broyés au feu des zeppelins ;
L'Autriche en même temps écrasait la Russie,
Le fier Monténégro, l'insolente Serbie ;
Les réduire à merci n'était qu'un jeu d'enfant...
Alors, du monde entier le Kaiser triomphant
Demeurait seul enfin, debout sur l'Allemagne,
Plus illustre, plus grand encor que Charlemagne!

O gloire éblouissante ! O destin merveilleux
Que n'eussent point osé concevoir ses aïeux !
Quel spectacle enivrant et quelle jouissance
Digne de sa valeur, de sa magnificence !
Comme il se complaisait dans ce rêve idéal :
Devant la majesté du sceptre impérial
L'Allemagne en extase, et pour apothéose
L'univers acclamant son œuvre grandiose !
L'armée, ivre d'orgueil, exaltant ses exploits :
Bavarois et Prussiens, Saxons, Wurtembergeois,
Confiants en sa gloire, et fiers de son prestige,
Célébrant sa grandeur qui tenait du prodige !
Pour eux leur empereur était un talisman,
Un fétiche sacré...

                    Mais arrive un moment
Où le ciel le plus pur se couvre de nuage,
Où la rose se fane, où le plus doux mirage
S'efface lentement au sable du désert,
Où le soldat déçu ne croit plus au Kaiser,
Et devant tant d'efforts, de sang et de souffrance,
Se laisse enfin aller à la désespérance !

O le sort effroyable, et l'horrible trépas !
C'était mourir deux fois que périr sans combats,
En s'écrasant la tête à ce front redoutable
Dont la France avait fait un mur infranchissable,
Où viendrait se briser leur aveugle fureur ;
Alors, on maudissait la guerre et l'empereur !...
Partout des grondements de sinistre présage
Montraient qu'au fond des cœurs s'accumulait l'orage :
Et même il avait cru remarquer aujourd'hui
Le vide inquiétant se faire autour de lui,
Lorsque, daignant se rendre au front de ses armées
Il était descendu jusqu'au fond des tranchées,
Dépouillant toute morgue, empressé, bienveillant,
S'efforçant de paraître aimable et souriant ;
Il avait bavardé gaîment avec la troupe,
Quand il put la surprendre à l'heure de la soupe,
Interrogeant chacun, jusqu'aux simples soldats,
S'enquérant de leurs vœux, goûtant à leurs repas,
Car il tenait surtout à rester populaire.
Mais !... on sentait sur lui peser deux ans de guerre,
Et ce poids l'écrasait impitoyablement !...

Le soir, il rentra seul à son cantonnement. (b)
Il se sentait perdu, songeant en quels abîmes
L'entraînait à son tour le fardeau de ses crimes ;
Après les jours heureux, le désastre et le deuil :
Il lui fallait enfin abaisser son orgueil,
Atténuer la chute avant qu'elle s'achève,
S'avouer impuissant, renoncer à son rêve !
Sur son heureuse étoile il avait trop compté,
N'en voyant que l'éclat sans la fragilité ;
Maintenant il pleurait sa gloire de naguère,
Quand d'un geste il faisait trembler toute la terre.

____

(b) Si l'on fait la coupure facultative de (a) à (b), après : « Tu
ne passeras pas ! », reprendre : Il se sentait perdu.

Qui veut trop s'élever, monter, monter encor,
S'expose imprudemment aux caprices du sort ;
Le Kaiser en faisait la triste expérience :
Après s'être bercé de la folle espérance
De briser tout obstacle à ses ambitions,
Il se voyait honni partout des nations
Pour s'être cru de taille à dominer le monde,
Et, de si haut, la chute en était plus profonde ! (c)

Son destin l'accablait ironique et brutal :
Vouloir planer aux cieux, fier aigle impérial,
Et n'être qu'un oiseau déplumé, ridicule ;
Aboutir au Pygmée en visant à l'Hercule ;
Changer ses *Te Deum* en un *De profundis* ;
Triste et pâle reflet du soleil de jadis,
Se croire un demi-dieu, tout au moins un surhomme
Au sceptre redouté du Japon jusqu'à Rome,
Et voir anéantir ses bataillons de fer ;
Rêvant au Paradis, s'éveiller en enfer ;
Singer Napoléon, Gengis-Khan, Charlemagne,
Et servir de risée à toute l'Allemagne ;
Pauvre fou qui rêvait d'asservir à ses lois,
D'atteler à son char un cortège de rois,
Et s'en va, loque usée et mûre pour la hotte,
De Cid Campéador finir en don Quichotte ! (d)

De remord et de honte épuisé, haletant,
Le Kaiser étouffait sous cet effondrement ;
Il tremblait, et pourtant sur sa face livide,
Des gouttes d'eau perlaient le long de chaque ride ;
Sa bouche s'entr'ouvrait dans un rictus affreux ;
Ses regards, dévorés par la fièvre, hideux,

(c) Coupure facultative, à la diction, des 16 vers suivants, jusqu'à (d). Après... en était plus profonde !, reprendre : De remord et de honte...

Semblaient hypnotisés par l'image obsédante
De quelque vision lugubre, inquiétante ;
En vain, pour échapper à l'indicible peur,
A ce frémissement d'épouvante et d'horreur,
Il s'efforçait de fuir l'insupportable rêve,
L'atroce cauchemar le poursuivait sans trêve !
Sa gorge se serrait au spectacle effrayant
De blessés et de morts dans un fleuve de sang ;
Des spectres l'appelaient de leur voix sépulcrale,
Et leur ricanement s'éteignait dans un râle ;
Parfois le secouait un horrible frisson
D'angoisse inexprimable où sombrait sa raison,
Tandis que le canon grondait dans la campagne
Comme un funèbre glas que la mort accompagne.

Tout à coup il croit voir surgir à ses côtés,
Dans la pâle lueur de tremblantes clartés,
Un étrange guerrier à la haute stature,
Immobile, debout. grave sous son armure,
Dardant sur tout son être un terrible regard
Qui le glace d'effroi. L'empereur, l'œil hagard,
Recule épouvanté sous l'étreinte farouche ;
Des mots incohérents expirent sur sa bouche,
Mais le spectre vers lui s'est avancé d'un pas,
Soulève lentement son glaive, étend le bras,
Et d'un mot de mépris lui cingle le visage :
« A genoux ! Devant moi ! » Se dressant sous l'outrage,
Il rugit : « Qu'es-tu donc pour me parler ainsi ?
— Ton maître. — Le Kaiser n'a pas de maître ici,
Ni dans tout son empire, et sur toute la terre.
Tu seras châtié de ton audace ; arrière,
Imposteur ! hurle-t-il ; ton nom, le diras-tu ?
— Monarque sans honneur et soldat sans vertu,
Crains plutôt de l'apprendre. A mes genoux, te dis-je ;
Courbe d'abord ton front, Je le veux, je l'exige ;

Écoute : qui je suis ? Je me nomme Attila,
Le grand chef devant qui l'ancien monde trembla,
Celui que suscita la colère céleste ;
Je viens pour t'avertir de ton destin funeste. »
Le Kaisér obéit, et se traîne à genoux
Aux pieds du grand aïeul, implorant son courroux.
L'ombre continua : « L'abominable guerre !
Avec tous tes Germains, vous ne vous doutez guère
De la mâle grandeur de nos combats géants,
Et tes hommes jamais ne seront aussi grands !
Quand des Huns indomptés les masses formidables
S'avançaient en poussant des cris épouvantables,
Le ciel n'eut pu fléchir mes braves compagnons,
Hardis et courageux comme de vrais lions ;
Pour eux les jours de lutte étaient des jours de fête :
Sur mon noble coursier, je marchais à leur tête,
Brillamment escorté de mes fiers cavaliers,
Suivi des flots mouvants d'innombrables guerriers ;
Brandissant dans les airs nos glaives et nos piques,
Nous courions en chantant à ces combats épiques
Dignes de vrais soldats, des vaillants et des forts ;
Alors au grand soleil on luttait corps à corps
Dans l'éblouissement de ces forêts d'épées :
Jamais ne reviendront de telles épopées !
La gloire était le prix des exploits surhumains
Trop puissants aujourd'hui pour vos débiles mains.
Que les temps sont changés ! En cet âge héroïque
La guerre fut vraiment terrible et magnifique :
Mon exemple superbe exaltait tous les cœurs,
Et seule, leur vaillance en faisait des vainqueurs !

Vous autres, sans rougir d'un repos dérisoire,
Dans vos palais dorés vous vous couvrez de gloire :
Tu sais mettre à l'abri ta précieuse peau,
Laissant le soin de vaincre au peuple, au vil troupeau ;

Mais si je sus au monde imposer ma puissance,
Compare mes hauts faits à ta lâche prudence,
Quand tes monstres d'acier vomissent le trépas
Sur ces champs de carnage où l'on ne te voit pas,
Nous avions pour remparts nos bras et nos poitrines,
Et nous eussions rougi des balles assassines
Qui te font aujourd'hui, sans avoir combattu,
Proclamer ton courage et vanter ta vertu ;
Avec tous vos canons et toutes vos mitrailles,
C'est une boucherie et non plus des batailles ;
Autour de moi j'avais un peuple de héros,
Tes soldats maintenant ne sont que des bourreaux !
Et vous osez encor nous traiter de barbares !
Mais, de tous ces lauriers sanglants dont tu te pares,
De tous vos guet-apens, vos forfaits odieux,
Aucun n'éclaboussa notre nom glorieux,
Vit-on jamais le Hun, traître à la foi jurée,
Bafouer d'un serment la parole sacrée?
J'ai rugi de colère en voyant tes soudards
De crimes aussi bas salir tes étendards.
Lâchement massacrer le Belge sans défense,
Tout noyer dans le sang, torturer l'innocence,
Par tant de barbarie étonner l'univers,
A ma gloire opposer la honte des Kaisers !
J'ai détruit les cités par le fer et la flamme,
Mais n'ai jamais touché le cheveu d'une femme ;
J'étais un conquérant noble autant que hardi :
Je fus un chef de bande,... et tu n'es qu'un bandit ! (e)

Comme s'il eut déjà de la marque infamante
Senti le fer vengeur mordre sa chair fumante,

(e) (f) Coupure facultative, à la diction, des 12 vers jusqu'à (f).
Après :... qu'un bandit ! reprendre : A tes yeux...

Sous ce torrent de honte effondré, l'empereur
Râlait, anéanti d'angoisse et de terreur.
« Grâce ! » murmura-t-il. — « Le juge inexorable
A rendu contre toi l'arrêt impitoyable,
Reprit le grand aïeul ; depuis quinze cents ans
J'ai vu bien des kaisers, des tzars et des sultans,
Des tas de gens tarés, j'ai vu vos rois de Prusse
Vivant sans foi ni loi de rapine et d'astuce ;
Pour tes ambitions ce n'était pas assez :
Dans la boue et le sang tu les as dépassés (*f*).

A tes yeux il n'est plus ni droit ni conscience ;
Tout est prostitué : Dieu, Patrie et Science !
Des profondeurs des mers jusques au firmament,
Tes engins monstrueux s'en vont traîtreusement
Partout semer la mort, et répandre la haine
Pour les hideux exploits de la fureur germaine,
Quand tes géants de l'air viennent sur les cités
Déverser le torrent de leurs atrocités,
Et faire en se jouant, avec un beau courage,
De femmes sans défense un merveilleux carnage ;
Quand de tes sous-marins l'odieux guet-apens
Frappe dans leur berceau de tout petits enfants
Par ton ordre entraînés jusqu'au fond de l'abîme !
Chaque jour en naissant éclaire un nouveau crime (*g*).

Pour mieux glorifier tous ces assassinats,
Par tes prêtres tu fais hurler des hosannas,
Et porter sur Dieu même une main sacrilège ;
J'ai vu leur répugnant et servile cortège

(*g*) (*h*) Coupure facultative, à la diction, des 16 vers de (*g*) en
(*h*). Après : un nouveau crime, reprendre : Jamais nous n'aurions pu...

Imposer sans vergogne à la divinité
Le supplice infamant de ta complicité !

Non, non, n'espère plus recueillir en partage
Du grand nom d'Attila le superbe héritage ;
Car, pour oser prétendre à de si hauts sommets,
Il faut un bras puissant qui ne faiblit jamais ;
Il faut, pour conquérir cette faveur insigne,
Par des faits éclatants savoir s'en rendre digne,
Avoir devant les yeux plus nobles visions
Que tes louches desseins et tes ambitions ;
Des guerriers d'aujourd'hui je ne vois rien qui vaille
Le souci de vouloir les hausser à ma taille : (*b*)
Jamais nous n'aurions pu, comme font tes Germains,
Détrousser les passants au détour des chemins,
Ni faire d'un soldat une bête de proie ;
Nous sommes loin d'avoir suivi la même voie !
Promenant ses rayons sur cent peuples divers,
Mon glaive étincelant éclairait l'univers,
Et traça dans la nue, en des jours mémorables,
Du céleste courroux les signes effroyables ;
Par son ordre farouche, à toute heure, en tout lieu,
Je fus l'épouvantail et le fléau de Dieu,
L'exécuteur choisi de sa juste veangeance,
Venu pour punir Rome et châtier Byzance,
Apporter la terreur aux hommes corrompus,
L'espoir aux opprimés, l'anathème aux repus,
Montrer aux plus puissants qu'il n'est pas de richesses
Qui puissent préserver des foudres vengeresses,
Qu'au lieu de se vautrer au sein des voluptés,
Ne rêver que plaisirs, honteuses vanités,
Que décevants attraits d'un bonheur éphémère,
Il est d'autres devoirs pour les grands de la terre.

Aux cieux avait sonné l'heure du châtiment ;
Tout trembla devant moi, de l'Est à l'Occident :

Je traversai les monts, les plaines, les vallées,
Sur ma route fauchant les cités affolées ;
Nous détruisîmes tout, pour écraser le mal :
L'herbe ne poussa plus où passa mon cheval.
Lorsque je promenais mes hordes invincibles,
Rien ne put endiguer leurs flots irrésistibles
Tout près de submerger l'un et l'autre empereurs ;
C'est en vain qu'humblement tous leurs ambassadeurs
Vinrent à mes genoux faire assaut de bassesses :
Je repoussai leur or, leurs bijoux, leurs promesses,
Et ne pus accorder qu'un suprême dédain
Aux valets de Byzance et du César romain.
Poursuivant jusqu'au bout ma course triomphale,
Je courbai tous les fronts sous l'ardente rafale,
Et remplis sans pitié ma haute mission :
Châtier l'univers de sa corruption,
Lui faire une saignée effroyable et féconde ;
De par l'arrêt des cieux j'étais maître du monde !
Des huttes de la steppe aux palais des Césars,
Les trônes vermoulus craquaient de toutes parts !
Pourtant il vint un jour de sinistre mémoire
Où je vis la Fortune infidèle à ma gloire :
Dans les Gaules, après des luttes de géants,
Seuls de tout l'univers, les indomptables Franks
Parvinrent à briser mes bataillons hunniques :
Prends garde ! et souviens-toi des Champs catalauniques !

Si le destin parfois trahit les plus vaillants,
Il s'abat sans pitié sur les cœurs défaillants,
Sur ceux qui, lâchement, bien loin de la mêlée,
De l'ardeur des combats n'en voient que la fumée,
Car un roi dont le glaive agonise au fourreau
Cesse d'être un soldat et n'est plus qu'un bourreau.
A-t-on vu ton épée, au fort de la bataille,
Frapper, comme la mienne, et d'estoc et de taille ? (1)

Sache que pour rêver d'atteindre à ma hauteur,
Il faut à l'univers montrer quelque valeur ;
Et tu veux, méprisé de toute ton armée,
Te parer de mon glaive et de ma renommée !
Pour tes prétentions c'est un espoir trop beau,
Pour ton bras sans courage un trop pesant fardeau.
Jamais depuis les temps de Rome et de Byzance
Le ciel n'eut à subir pareille impertinence (*j*) :
Du fond de son palais, l'empereur des Germains
Ordonnant à loisir des massacres humains ;
C'en est trop ! L'heure approche où d'une telle honte
Aux cieux que tu bravais il faudra rendre compte :
Indigne rejeton et fils dégénéré,
Je ne te connais plus ; tu m'as déshonoré ! »
Et, le poussant du pied : « Va-t'en, tu me dégoûtes ! »
Le Kaïser, effondré, suait à grosses gouttes :
Dans un suprême effort, il se traîne, rampant
Comme un chien sous le fouet, vers l'aïeul effrayant ;
Il tend vers lui les mains et n'étreint que le vide ;
Il veut le supplier : de sa bouche livide
Ne sort qu'un râle affreux de rage et de terreur ;
Devant l'inévitable il frissonne, il a peur !
L'ombre s'est à ses yeux lentement effacée,
Mais toujours il la voit terrible, en sa pensée...

Bientôt la garde accourt à ses gémissements,
Et recule d'effroi ; dans ses emportements
Jurant de tout pourfendre, il brandit son épée
Et menace en tous sens la foule épouvantée.

(*i*) (*j*) Coupure facultative, à la diction, des 8 vers de (*i*) en (*j*).
Après : et de taille ?, reprendre : du fond de son palais, mais en
modifiant ainsi le deuxième vers, premier hémistiche :

Du fond de son palais l'empereur des Germains
Trouve mieux d'ordonner des massacres humains;

Alors vint un major, qui dit, sentencieux :
« L'empereur désormais n'est qu'un fou furieux,
Que le ciel pour toujours a frappé de démence ! »
Une voix répondit : « Le supplice commence !
Misérable il vivra, rongé par les remords,
Sa chair et son esprit souffriront mille morts.
Puisse dans l'avenir toute âme criminelle
Connaître, comme lui, la torture éternelle ! »...

Le Kaiser n'avait eu qu'un sombre cauchemar.
Mais, déjà fou de peur, il sent que tôt ou tard
Il ne peut échapper à l'infernal supplice,
Quand bientôt sonnera l'heure de la justice !

Mars 1916.

Imp. Jouve et Cⁱᵉ, 15, rue Racine. Paris. — 3058-16